Kei te aha ngā kararehe?

What are the animals doing?

Te Ataakura Pewhairangi

Kei te aha te punua kau?

What is the calf doing?

Kei te inu te punua kau.

The calf is drinking.

Kei te aha te poaka?

What is the pig doing?

Kei te pihongi te poaka.

The pig is sniffing.

Kei te aha te rāpeti?

What is the rabbit doing?

Kei te whakatā te rāpeti.

The rabbit is resting.

Kei te aha ngā rakiraki?

What are the ducks doing?

Kei te kai ngā rakiraki.

The ducks are eating.

Kei te aha te hōiho?

What is the horse doing?

Kei te hīkoi te hōiho.

The horse is walking.

Kei te aha te punua kurī?

What is the puppy doing?

Kei te titiro te punua kurī.

The puppy is looking.

Kei te aha te rēme?

What is the lamb doing?

Kei te tū te rēme.

The lamb is standing.

Kei te aha ngā heihei?

What are the hens doing?

Kei te timotimo ngā heihei.

The hens are pecking.

Kei te aha te nanekoti?

What is the goat doing?

Kei te ngote te nanekoti.

The goat is sucking.

Kei te aha te ngeru?

What is the cat doing?

Kei te noho te ngeru.

The cat is sitting down.

Te Rārangi Kupu Word List

Hīkoi – Walk

Inu – Drink

Kai – Eat

Ngote – Suck

Noho – Sit

Pihongi – Sniff

Titiro – Look

Tū – Stand

Timotimo – Peck

Whakatā – Rest

Heihei – Hen

Hōiho – Horse

Nanekoti – Goat

Ngeru – Cat

Poaka – Pig

Punua kau – Calf

Punua kurī – Puppy

Rakiraki – Duck

Rāpeti – Rabbit

Rēme – Lamb

Reo Āwhina Language Tip

Te – Singular. Used when referring to a particular individual or thing.

Kei te hīkoi **te** hōiho.

The **horse** is walking.

Ngā – Plural. Used when referring to more than one individual or thing.

Kei te timotimo **ngā** heihei.

The **hens** are pecking.

A very special **thank you** to the Glauser family for helping us to create this book for you. Ngā mihi nui Blake, Lani and baby Stanley, and their mum Sabrina.

First published in 2021 by Massey University Press
Private Bag 102904, North Shore Mail Centre
Auckland 0745, New Zealand
www.masseypress.ac.nz

Design by Jodi Wicksteed / Bolster Design
Photographs by Jane Ussher

Thank you to Donna Doolittle's Animal Rescue Kaitāia and Caro's Crazy Critters Mobile Farm

A te reo Māori edition of this book is also available

A catalogue record for this book is available from the National Library of New Zealand

Printed and bound in China by Everbest Printing Investment Limited

ISBN: 978-0-9951465-8-7

Tūhuratia ngā mahi a ngā kararehe i tēnei pukapuka pārekareka.

Find out what all the animals are up to in this delightful board book.

ISBN 9780995146587
US $15.00
CAN $20.00